KB083032

사람의 추억

시와소금 시인선 · 78

사람의 추억

박민수 시집

시와소금

ⓒ 박민수

- 춘천 출생, 춘천교대 졸업. 서울대 문학박사. 춘천교대 교수 및 총장 역임. 1975년《월간문학》신인상 등단. 시집 〈강변설화〉 〈개꿈〉 〈낮은 곳에서〉 〈잠자리를 타고〉 〈어느 그리운 날의 몽상〉 등이 있고, 저서 〈현대시의 사회 시학적 연구〉 〈현대시의 리얼리즘과 모더니즘〉 〈아동문학의 시학〉 〈창조성 중심 교육〉 〈하나님의 상상력〉 등이 있다. 최근에는 뇌를 기반으로 한 인간의 존재 양상과 비전을 탐구하는 〈박민수뇌경영연구소〉를 운영하고도 있고, 한편 사진 찍기에도 빠져 몇 번 개인전을 갖기도 하였으며, 성경을 중심으로 인간 존재의 아름다운 비전을 밝히는 집필 활동에도 열심을 쏟고 있다.

시인으로 살아온 한 생애가
참으로 감사하다.

우리 인간의 삶은 기쁨과 슬픔의
혼성 드라마이다.
우리 삶은 기쁨이 있어 행복하고,
슬픔이 있어 애틋하다.

오늘 나는 또 한 권의 시집을 세상에 내놓는다.
이것이 나의 기쁨과 슬픔을 모두 담아
우리 세상 머나먼 허공 깊이
한 마리 종달새처럼
아득히 날아가게 하고 싶어서이다.
잊을 것 다 잊고 다시 찾아오는 세월 더불어
연인처럼 새로운 꿈 은밀히
다시 속삭이기 위해서이다.

잘 가라, 지나간 세월,
너와 더불어 세상 나들이같이 한
따뜻했던 기쁨이여, 애틋했던 슬픔이여.
어서 오라, 새로운 세월.
기쁨도 슬픔도 모두 내 삶의 꿈,
너를 사랑하는 것이
진정 내 존재의 기쁨이리니!

2018년 8월
박민수

| 차례 |

제2부 꽃밭에서

제3부 아름다움의 진실

제4부 슬픈 그리움

시인의 에스프리

제 1 부

봄바람 속에서

입맞춤

오늘 하루
문득 누군가 그립다
홀로 멀리 하늘 한 녘 바라보는 순간
그 길 외로이 날갯짓 바쁜
기러기 한 마리
저는 지금 어디로 가고 있는지
손짓해 그를 불러
말없이 고독한 입맞춤
나누고 싶다

눈물

어린 시절
어느 날 밤 먼 하늘
별들 떼 지어
툇마루 홀로 앉은 내 눈 속
아득히 몰려왔다

깊어가는 가을밤
마당가 돌 틈 속 귀뚜라미 울고
수많은 별 문득 눈물이 되어
내 가슴 방울방울
어지러이 출렁이고 있었다

오늘 밤 멀리 하늘 보다가
별 하나 반짝이는 모습 있어
문득 세월 잊고 가슴 깊이
그 별 다시 품어 본다

저 별은 나의 별

그 별들 다시금 그리움의 반짝이는
눈물방울 되어 내 가슴
출렁이며 멈출 줄 모른다

세월은 갔어도
언제나 내 가슴 따듯한
그리움의 눈물방울
멈추지 않고 반짝이는
오랜 속삭임

덫

세상 사노라면
여기저기 덫이 많다
누가 설치해 놓았는지 모르지만
덫에 걸려
눈물 흘리는 사람들 많다
짐승을 잡으려 만든 덫이
사람을 잡다니!
그러나 세상 길 언제나
거기에 덫이 있으니
큰 눈 뜨고 살필 일이다
우리 눈 날마다
더욱 총명하게 닦아 내어
쉬지 않고 살피면서
제 갈 길 바로 찾아
날마다 휘파람
길게 불면 좋겠다

귀

창이 없어도
창문은 언제나 열려 있다
문 열지 않아도
홀로 멀리서 들려오는
아침 바람 소리
새소리
오늘은 문득 그리운 사람
작은 발자국 소리 되어
나를
부를 것 같다

낮잠

요즈음 갑자기
낮잠 자는 취미가 생겼다
홀로 창밖을 보다가 슬픈 세상
어디에선가 문득 들려오는
어지러운 목소리들 아우성 소리들
때로는 여기저기 부딪치는 칼부림 소리들
멸망의 외침들
보고자 하지 않고 듣고자 하지 않아도
제 절로 눈에 보이고 귀에 들리는 여기저기
우리 세상 총천연색 드라마 속 아우성들
그것들이 나를 붙들고 늘어지니
차라리 몸 돌려 고요한 침묵 속 홀로
눈 감고 귀 막은 채
한참 천장이나 바라보고 있노라면
고요히 뜬구름처럼 찾아오는 침묵의 세상
그 따뜻한 고독의 자유
그것을 위해 요즈음 나에겐 갑자기
대낮에 깊은 잠 자리 파고드는

몹쓸 버릇이 생겼다
살다가 참 이상한 버릇도 갖게 되었지만
요즈음엔 홀로 듣지 않고 보지 않아
홀로 행복할 수 있는 때가 아주 많다

날개

나에겐 날개가 없다
멀리 그리운 사람 있어도
훨훨 날아갈 날개가 없다
이렇게 슬픈 날 문득 하늘 보면
나에게 날개가 있다
두둥실 하늘 구름 한 자락 잡아
같이 가자하면 선뜻
온몸 다 내놓고 두둥실
날 싣고 먼 길 떠나는 구름 한 점
그 구름 가는 대로
내 마음 흘러가노라면
거기에 청산 있고
또 흥겨운 바람 소리 있으니
뒤돌아보지 않고
먼 길 가는 나의 날개가 있다
세월 잊고 나풀대는
새소리가 있다
푸른 새소리가 있다

섭리

세상은 만남이다
세상은 헤어짐이다
만남은 고뇌이고
헤어짐은 슬픔이다
우리 세상 언제나 파도 같으니
봄날 꽃빛 가득한
길목에 앉아 그리운 사람
기다리는 것
그리하여 만났다가
헤어지는 것
이것이 우리 삶이다
슬퍼하지 마라,
헤어짐은 새로운 만남의 약속
봄 길목에 앉아
누구를 기다리는 것,
이것이 한 생애 우리
삶인 것을

인생길

가을 되면 북쪽 하늘 먼 길 떠나
남으로 우리 하늘 날아오는 기러기 떼
허공중 그 긴 목 울림소리
어느 날 참으로 기쁘다

추운 겨울 우리와 함께 하려니와
떼 지어 그 전하는 말
슬픔의 흔적 없이 먼 세상 그리움 불러내니
한참 푸른 하늘 바라보노라면
나도 한 마리 기러기 되어 그들과 섞이고 싶다

인생길 때로 외로움 많아
눈물 흘릴 때 있지만
가을 하늘 높이 나는 기러기 목 울림소리
그 소리 내 가슴 닿는 것이
마치 새로운 세월 다시 오는 듯
기쁘다

문득 나도 기러기 되어
저 높은 하늘길 날갯소리 내고 있으니
인생길 때론 이렇게
홀로 푸를 때 있구나

사람의 추억

서울역에 가면
사람들이 참 많다
모두 바쁜 걸음이다
저들 사람마다 가진
마음의 그 총천연색 영상들
가릴 것 없이 한데 모아
커다란 흰색 스크린 가득
비추어 보면 어떨까?
그곳에 내 그리울 추억의 그림자
비록 하나인들
봄날 노랑나비처럼
나풀거리며 길게 춤추고 있으면
정말 좋겠다

역설

청춘이라는 말은 영원히
청춘이다
여름날 거센 비바람 속에서도
청춘은 청춘이다
가을날 낙엽이 지고
홀로 외로운 이 있어
흘리는 눈물도
청춘이다
언제나 사라지지 않는 그리움도
날마다 청춘이다
오늘도 나는 홀로 청춘이다
어둠 속에서도 지워지지 않는
얼굴 있어 오늘도
나는 한없이 청춘이다

포옹

슬픈 날
그리운 사람 만나라

슬픈 날 그리운 사람 만나
조용히 포옹하라
따듯한 체온 그에게 주고
작은 숨소리 들어보라

파도가 아니어도
하늘 멀리 뜬구름처럼
가벼운 몸짓으로 전해 오는
그 숨소리 그 생명의
멈추지 않는
나부낌을 바라보라

그리하여 홀로 속삭이라

"우리 오늘 둘이 아니고

하나인 것이 기뻐.
이 세상 우리 하나로만 가득 찬 것이
정말 행복해."

5월의 추억

5월의
꽃핀 들판에서
허공을 본다
꽃향기 넘치게 하늘에 닿고
푸른 바람 소리
나뭇잎 사이로 한없이
반짝이고
또 반짝인다

지금 누군가 내 곁에 있으면 좋겠다
문득 사랑의 고백 아니라도
가슴에 부딪는 바람소리 한 자락
그 한 자락 얼른 손에 쥐어
그에게 전하고 싶다
그것이 짙게 푸르러
마음의 눈물 다 씻어가는
한순간의 추억,
영원히 지워지지 않는

그 찬란한 미소를
하늘에 전하고 싶다

너무나 푸르러 슬픈
5월의
나뭇잎 속에서

감옥

사람들 한 생애
감옥을 끌어안고 살아간다
내 안의 감옥
내가 볼 수 없지만
내가 갇힌
내 안의 감옥

미움의 감옥 불신의 감옥
거짓의 감옥 욕망의 감옥
소유의 감옥 권력의 감옥

그 감옥 오늘도
나를 사로잡고 세상을 사로잡으니
여기저기 보이는 것 감옥뿐

바람아 하늘길 너 홀로 춤추지 말고
이 세상 검은 감옥 모두 등에 메어
천리만리 땅끝 저 깊은 낭떠러지

던져두면 어떠랴

바람아, 바람아, 봄바람아
춘삼월 봄바람아

봄바람 속에서

봄날 멀리서 언뜻
아득히 달려오는 작은 바람 소리
어디에서 와 어디로 가는지
그 아득한 몸짓 소리
손에 잡힐 듯 가까이 오다가
어느새 숲길 저 멀리
보일 듯 사라지고 만다
봄 되어 들판 가득 꽃필 적마다
덧없이 늘 마음에 그리운 사람
그 사람도 언제나
멀리 봄바람 소리처럼
손짓하며 가까이 오다가
어느 결 숲길 저만치
아득히 보이지 않고 만다
그리움은 늘 그렇다

소낙비

소낙비 내린 날엔 어김없이
하늘 청명하고 풀빛 더욱 푸르다
우리 마음에도 때로
소낙비 내렸으면 좋겠다
온종일 하늘 가득 비 내리면
마음 구석구석 쌓인 티끌
모두 씻겨 땅 속에 스며들고
그것들 거름되어
사람들마다 가슴에
꽃 영혼 가득 채웠으면 좋겠다
욕심도 사라지고 미움도 사라져
오직 청명한 사랑의 속삭임만
온종일
여기저기 꽃그늘 되어
사람들 불러 모았으면 좋겠다

슬픈 추억

어린 시절
나에게는 내가 없었다
천방지축 허공을 향해
뛰고 또 뛰다가
밤이 되면 잠들어
순한 양이 되었다
어느 날 내가 나를
만났다
그의 얼굴빛 슬프고
갈 곳 몰라 두려움조차
가득했다
그것이
나의 청춘이었다

제 2 부

꽃밭에서

어느 봄날
― 꽃밭에서 · 1

어느 봄날
이런 꽃 저런 꽃 들판 가득 넘칠 때
문득 낯선 꽃 한 송이 홀로 길게 고개 내민 채
나를 바라보고 있었다
눈은 없어도 반짝이는 눈빛으로
미소 가득 나를 바라보는
이름 모를 꽃 한 송이,
그것이 전할 말 무엇인지 몰라도
문득 가슴 저리게 짙은 숨소리
한없이 허공에 풍기고 있었다
그 숨소리 넘실넘실
내 안에 지워지지 않는 향기가 되고 있었다
그것은 멈출 줄 모르는 유혹이었다
숨 못 쉴 만큼 뜨거운 포옹이었다
그것이 뜨거운 밧줄이 되어
한 생애 나를 사로잡는 사랑이었다
내 사랑 그렇게 오고 있었다
어느 봄날

이슬비
― 꽃밭에서 · 2

꽃들은 아무 욕심이 없다
꽃들은 오직 아름다움을 위하여
이슬비 속에서도 반짝반짝
빛나게 몸을 닦고
어둔 밤 작은 별빛 물결 속에서도
하늘하늘 몸을 닦는다

그리움
― 꽃밭에서 · 3

세상은 하나가 아니다
사람 세상이 있고
꽃 세상이 있고
하물며 봄날 낮은 허공 홀로 헤매는
나비들의 세상도 있다
어느 날 문득 꽃 세상에 갔다
하도 많은 꽃들이 바람에 손짓하며
끝없이 나를 부르고 있었다
덩달아 나비들도 신이 났다
유혹이 아니라 그 세상
속살까지 허물없이 다 내놓고
나의 깊은 정
하염없이 빼앗고 있었다
바람이 불면 바람이 부는 대로
홀로 감추었다가 내놓는
그 속 세상
거기에 나의 한없는 그리움
나풀나풀 봄나비처럼
정든 사람 찾고 있었다

장미꽃
— 꽃밭에서 · 4

온 세상 큰 비밀 다 갖고 있듯
꽃 세상 그곳에도 비밀이 참 많다
어느 날 장미꽃 가득한 세상 길 한 녘 홀로 멈추어
고요히 그 안 세상 속 들여다보고 있노라니
바람 소리 지날 적마다 문득문득
되비치는 그 비밀의 거대한 그림자들
그것들이 갑자기 스크린 화면을 세워놓고
무도회를 여는 듯 바람 소리 함께
쿵짝쿵짝 춤을 추고 있었다.
한 생애 한 번도 가 본 적 없는
꽃 세상 무도회
그 세상 홀로 바라보다가 나도 바람난 사람처럼
꽃 속 거기에 섞여 덩실덩실
춤을 추고 말았다

벚꽃
— 꽃밭에서 · 5

누가 여기에
이런 길 열어 놓았는가?
시작부터 끝까지 벚나무 줄지어
요란히 꽃잎 날개 하늘에 휘날리게 하다니!
사람들 그 길 따라 걷는 것이 휘청휘청
마치 스스로 꽃나비 된 듯
숨소리 하나 크게 내지 못하고
세상 다 가진 듯 얼굴만 붉다
나도 그냥 붉은 얼굴 되어 나무 그늘 밑 홀로
지나 갈 때 바람 불어 덩실덩실
꽃나비 된 듯하니
세상 길 하 멀어도 오늘은
먼 길 가깝게 홀로 꽃잎 되어
세상 망상 다 잊고 만다
온 누리 이런 길 있으니 슬픈 날도
이 한 몸
바람처럼 가볍다

양귀비
— 꽃밭에서 · 6

누군가 강가 산책길 가득
양귀비 파도처럼 심어 놓았다
봄 가고 초여름 이르러 더울 듯 바람 불더니
그만 양귀비꽃 알몸이 되어
온 세상 떠나가게
유혹의 숨소리 내기 시작하였다
이게 웬 일인가?
저 고요한 숲 속 문득 요란하여
가까이 바라보노라면 겉 알몸 말할 것도 없고
속 알몸 거기에 세상 한량들 다 모여 저리 온종일
쉬지 않고 춤을 추고 있으니!
그들을 위해 나는 오늘
그늘진 곳 홀로 서서
숨소리 오래 죽이며
하염없이 바라만 볼 뿐이다

봄 나비
— 꽃밭에서 · 7

봄 나비 한 마리
그 가슴에
깊이깊이 심어 놓은 그리움 무엇일까?
꽃밭에 앉아 홀로 밤새우다가
해 떠 꽃잎들 눈 뜨면
봄 나비 한 마리 날개 휘저으며 다시
그 꽃 안쪽 향기 위에 앉아
저토록 고요히 속삭이는 말소리는
진정 무엇을 전하는 것일까?
나도 외로울 때 꽃잎 가까이 앉아
그 전하는 말뜻 무엇일까 귀 기울여
숨죽일 때 있지만 언제나 거기엔
몸짓 찰랑거리는 작은 바람소리뿐
전하는 말뜻 하나도 알아차리지 못한 채
나 홀로 그냥 덧없이 먼 산 바라보다가
늘 그렇듯 한숨만
쉬고 만다

호박꽃
— 꽃밭에서 · 8

내가 태어나 어린 시절 살던 집
나무 울타리 한가득
황금빛 호박꽃 찬란할 때
문득 나 홀로 외로웠던 날의
기억 아직 남아 있다

울타리 안에도
울타리 밖에도
오직 나 혼자 뿐이던 시간의 고독
호박꽃 그 황금빛 찬란함이
오히려 슬퍼
홀로 하늘만 바라보던 날의
외로움

그 시절 멀리 갔지만
울타리 안에서
울타리 밖 먼 하늘 바라보던
그날의 그리움 그것이 아직

내 안에 남아 있다

문득 그 그리움의 시간
그것이 아직도 내 삶의
멈추지 않는
날개가 되고 있다

백일홍
— 꽃밭에서 · 9

한 생애 나에게

잊지 못할 꽃 몇 송이

오래 안겨 주신 이를 사랑한다

어린 시절 마당가

여기저기 심었던 백일홍 꽃잎

그 모습 오늘날처럼 화려하지 않고

그 모습 오늘날처럼 유혹의

알몸 보이지 않았지만

날마다 그냥 그립듯 나를 바라보던

마당가 그 꽃 백일홍 몇 송이

일찍이 그 모습 내게 보내 주시어

오늘도 이리 그리워할 수 있게 해 주신

그 분이 참 고맙다

지금도 내 마음 저 한쪽 작은 터 잡아

홀로 나를 기다리는 그 모습

누가 이것을 알랴 한 생애 내가

그와 더불어 밤 달빛 아래 고요히

속마음 다 내 놓고 이렇게 오래
사랑 고백하는 것을

초롱꽃
— 꽃밭에서 · 10

내 인생길
한 모퉁이에서
당신을
기다립니다

갈 길 몰라 헤매던
한 세월 그 어둔 길 지나서
오늘은 멀리 하늘 보며
당신을 기다립니다

이제는 덧없는 방황 버리고
당신 안에 한 세월
초롱꽃 되고 싶습니다

바람에 흔들려도
넘어지지 않고 반짝이는
들판의 초롱꽃 한 송이

그 위에 당신 오시면
나도 작은 눈물로
온종일 반짝이렵니다

덧없는 세월
사람들 가는 어둔 길
그 길 위에 나도 초롱꽃 되어
함께 빛나렵니다

마음
— 꽃밭에서 · 11

내 마음

꽃밭이었으면 좋겠다

봄날이 아니어도 새로 눈 떠

날마다 활짝 피어가는

모란의 그리운

얼굴이었으면 좋겠다

가끔 새들 날아와 떠날 줄 모르는

초가집 앞뜰의

작은 민들레 눈웃음이었으면

참 좋겠다

어린 날
— 꽃밭에서 · 12

아득한 어느 날
마당에 비 내리고
나 홀로 하늘 보고 있을 때
앞뜰 외로운 꽃 한 송이
그것이 너무 슬펐다
뜻 없이 슬퍼서
보고 또 보고 있을 때
길게 늘어진 꽃잎자락
나를 부르는 듯
또 그것이 슬펐다
오늘 문득 앞뜰에 비 내리니
어릴 적 내 모습
오랜 세월 너머 거기 슬프게
다시 있어 보인다

나비
— 꽃밭에서 · 13

어느 날 홀로 꽃밭에 갔다
사람들 보이지 않고 나비들만
바람 타고 허공중 날갯짓
반짝일 뿐이었다
그 틈새 문득 나의 그리움
나비타고
하늘 길 날고 있었다
누구인지 모를 손짓 멀리서 나부끼고
하늘하늘 바람소리 되어
내 온 몸
하늘 길 길게 날고 또 날고 있었다
언제든 찾아오는 나의 그리움
지워지지 않는 그리움의 손짓
그 손짓 유혹 속에서
나도 한 마리
덧없는 나비가 되고 있었다

꽃향기
— 꽃밭에서 · 14

꽃이 한창이던
어느 봄날
새 한 마리 나뭇가지에 앉아
깜빡깜빡 졸고 있다
누구를 기다리는 참이었는지
눈을 떴다간 또 졸고
눈을 떴다간 또 조는 깃이
우습다
나도 누구를 기다리고 있지만
그가 오지 않는다
그 틈새 꽃향기 나를 사로잡아
깜빡깜빡 졸음이 온다
누가 나를 우습다 할지 모르고
그냥 나도
눈을 떴다간 또 졸고
눈을 떴다간
또 졸고 있었다

비 오는 날

— 꽃밭에서 · 15

비가 내리면 꽃들은
슬프지 않아도 눈물을 흘린다
가슴에 쌓인 그리움
그것이 무엇인지 몰라도
비 오는 날은 홀로 외로운 듯
꽃들은 한없이 눈물을 흘린다
그 눈물 온몸을 적시면
더없이 반짝이는
꽃들의 황홀
어느 틈에 꽃들은 알몸이 되어
지나가는 사람들 향해
유혹의 휘파람 분다
아침결 그 휘파람 소리
더욱 반짝인다

청춘
— 꽃밭에서 · 16

청춘을 말하려면
꽃밭으로 오라
거기에 숨어 있는 피의
짙은 물결 소리 들으라
그것은 더욱 푸르러
하늘빛보다 강하기에
놀라지 말고
오직 뜨겁게 포옹하라
그리하여 사랑하라
온 천지 아무것도 두려워 말고
너의 모든 정열을 희망을
그 사랑 위해 바치라
거짓을 떠나
너의 모든 진실을
한 생애 한없는 눈물을
오직 이 세상 하늘 땅 가득
한 몸으로 반짝이는 그 아름다운
꽃밭의 추억을 위해
주저 없이 넘치게 바치고
또 기뻐하라

미소
— 꽃밭에서 · 17

아기가 곤히 잠들어

새근새근

코를 골다가

작은 미소 살포시

눈가에 짓는다

꽃들도 때로 산들바람 속에서

미소를 짓는다

티 없는 아름다움을

그려내고 또 그려낸다

세상 사람들이여

우리도 미소를 찾자

덧없이 가진 욕심

봄바람에 멀리 날리고

거울 앞에 앉아

마음에 숨은 그 미소

살포시 눈가에 그려보자

한 생애 짧은 세월

미소만으로도 모자랄 것을

어찌 저 세상 지고 가지도 못 할
욕심으로 그냥 싸우고
또 눈물 흘리랴!

아지랑이
— 꽃밭에서 · 18

아지랑이 피어오르는 봄날
홀로 꽃밭에 서면
어둡던 내 마음 안에도
살며시 아지랑이 솟는다
세월 가고 이마에
주름 접혀도 봄이 오면
여전히 내 마음 속
아지랑이 솟구쳐
온몸 흔든다
어디로 가랴,
이 봄 내 마음 속 아지랑이
나를 태워 훨훨 하늘 오르듯
어지러운 세상 덧없이
이리 갈까 저리 갈까
한참 헤매다가
어디선가 바람 한 점 불어오면
어느 결 숨죽인 채
그 몸짓 다시 고요해진다

고백
— 꽃밭에서 · 19

꽃밭에 서서
꽃들을 바라보노라면
모두가 사랑스럽다
문득 내 사랑도 그들에게
고백하고 싶다
꽃 자락 나부끼는
작은 파도 위에
나를 실은 긴 바람결
그 바람결 따라
한 참 가다가

"내가 너를 사랑해"

이렇게 고백하면서
나도 꽃물결 향기로운
파도가 되어
한 세월
길게 흐르고 싶다

철없는 생각
— 꽃밭에서 · 20

나이가 들어도
철없기는 마찬가지인 모양이다.
봄나들이 사람들 모인
어느 꽃밭
나비 한 마리
멀리서 날아오는 것
반가워 손짓했더니
고것이
못 본채 오던 길
되돌아가는 것이었다
하도 서운해
이리 와, 이리 와
손짓 더 크게 흔들었더니
그 모습 보이지 않고
나에겐 그리움만
더 깊게 남겨 놓았다

제 3 부

아름다움의 진실

폴란드 방울종

폴란드 여행 중 사 들고 온
닭 머리 모양 은빛 방울종 하나
문득 그 목 길게 잡고 좌우로 흔들면
폴란드 머나먼 숲 속 마을
그곳에서 불어오는 듯 아득한
푸른 바람 소리 찰랑찰랑 그리움처럼
내 가슴 아프게 흔든다
제 고향 떠난 방울종 하나
아마도 그것이 그리움 깊어 저 멀리
손짓하여 이리 오라 이리 오라
고향 숲 바람 소리
이렇게 멀리 부른 듯하다

눈

사람이 눈이 있으되
멀리 바깥세상만 바라볼 수 있으니
한 세월 자기 안은 못 보고
여기저기 이 사람 저 사람
다른 사람 겉모습만 보는구나
그래서 사람들 눈 있으되
자기 안의 큰 거짓은 못 보고
저 멀리 다른 사람 얼굴 속
감추어진 작은 티끌만 보는구나
그래서 항상 이곳저곳
남만 탓하며 서로
삿대질을 멈추지 않는구나
세상 사람들 이렇게
자기만 잘났으니 온 세상 가득
제 잘난 사람들만 모여
날마다 싸움질을 하는구나
그래서 광화문 광장에는
모두 자기만 잘날 사람들 모여

날마다 자기 잘난 목소리들로
하늘을 찌르는구나
나도 세상에 섞여 홀로 잘났으니
이 아침 고개 꼿꼿이 세워 들고
창밖 멀리 사람들 발걸음 바라보며
잘난 척 태연히
이 시를 쓰는구나

바람 소리 속에서

봄날 작은 바람 소리
오른쪽 귀를 지나
왼쪽 귀를 스치며 어디로 가는지
그 아득한 몸짓 소리 그리움처럼
반짝이고 또 반짝인다
봄 되어 들판 가득 꽃이 핀다 하니
아마 내 마음조차 덧없이 눈 비비며
먼데 누군가 그리운 사람
바람 타고 다시 올 때를
기다리는가보다

목 방울 소리

아침 눈을 떠 문득
하얀 천장을 보노라니
해그림자 얼룩진 사이로
조랑말 작디작은
목 방울 소리 외롭다
아마도 헛소리일 것이지만
그 소리 그리운 사람처럼
내 눈시울
스치고 지나간다
어릴 적 나는 늘
그랬다

두 얼굴

사람들 언제나
이 세상 두 얼굴로 산다
기쁨의 얼굴 슬픔의 얼굴
세상살이 모두 그렇다

한순간 봄바람 따뜻하여
마음 가득 넘치기도 하지만
문득 비바람 불어
온몸을 적시기도 한다

사는 것 모두 이와 같으니
어느 날 내게 오는 슬픔도
지나가는 봄바람이다
슬퍼 흐르는 눈물 속에
봄바람 아로새기니
거기에 기쁨의 순간 함께
춤추고 있음이라

오늘도 나는
나도 모르는 두 얼굴 속에서
슬픔을 기쁨으로
포옹하며
덩실덩실 살아간다

꽃보다 아름다운

사람에게 웃는 것보다
더 아름다운 것이 없다
아기들 세상에 태어나면
먼저 울음을 터뜨리지만
더불어 미소를 짓기도 한다
슬픈 세상이지만
이 세상 아름다운 것도 많아
얼른 미소로 답하는 것이리라
엄마가 있고 때로
음악 소리도 아름답게
들려오는 곳
그곳에 퍼지는
미소의 나부낌들
그것이 꽃보다 아름답다

눈

크고 작은 눈발이
바람결처럼 나풀거리며
앞 강 물결 위에 내리는 날
나도 저 작은 날개가 되어 반짝반짝
허공을 날고 싶다
머물렀던 자리 남은 체온 그리울 것이지만
저 작은 날개들끼리 부딪치며 녹아내리는
춤의 무도회
잠시 머물다가 물속에 하나 되는
저 짧은 소멸의 순간들
그 아름다운 추억들
나도 한 생애 어느 날
저렇게 춤이 되고
누군가 더불어 소멸이 되어
어느 순간 영원히 반짝이는
추억이 될 것이다

폭풍우 거친 날

다급히
호우경보 땅 위에 내리고
앞 강물 거칠게 하늘 닿도록
아우성치는 목소리 계속
허공에 쏟아내고 있다
사람들 방안에 숨어 다들 간 곳 없이 고요하고
간혹 천둥번개 소리만 앞 창문 흔들고 있다
문득 홀로 외롭다
날마다 사람들 떼로 모여 외치던
주먹질 세상 목소리
어디에도 없었던 듯 사라져 들리지 않고
저토록 하늘까지 흔드는 폭풍우 앞 강물 소리
차라리 고요하여 슬프다
그래, 이럴 땐 술 한 잔 좋은 일이지
온몸 가득 그윽이 술기운 돌면
폭풍우 속 앞 창문 모두 열어둔 채
쏟아져 들어오는 바람 소리 아우성 소리
그 소리 다 받아 끌어안고

귀에 익은 세상 목소리 남김없이 씻어내면
문득 텅 빈 몸속 아득히 깊어지는 고요
그 따뜻한 그리움,
그래, 이 폭풍우 속 오늘은 차라리
나 홀로 하늘길 멀리 바람 되는 것이 좋겠다
허공 속 낯선 귀머거리 되어
사람 세상 뒤돌아보시 않고 먼 길
하늘 닿도록 종달새처럼
오래오래 홀로 나부끼는 것이
덧없이 외로워 좋겠다

아름다움의 진실

누군가 플라스틱 화분에 담은
작은 꽃 한 송이 아파트 정원에 버려두었다
매일 지나다니며 바라보았지만 아름다움은 없었다
어느 날 아침 문득 내 눈길 거기에 멈췄다
버려져 찌들은 자주색 작은 꽃잎들 애틋이
눈짓을 보내고 있었다
그 화분 손에 들어 거실로 옮겼다
물도 주고 꽃잎도 씻었다
밤 지나고 새 아침 꽃잎들 환히 빛나고 있었다
어디에 숨어있던 진실인지
정말 아름답게 빛나고 있었다

종달새 풍선

어릴 적 내 살던 곳
앞 개울 모래밭엔 고인 물 홀로 깊고
종달새 언제나 높이 떠
하늘과 땅 하나처럼 둥글게
맴돌고 있었다
나도 온종일 그 속에 묻혀
하늘 땅 하나인 세상답게
시간을 모를 때 많았다
어느 날은 종달새 소리 하도 맑으니
내 온몸 종달새 소리 되어
두둥실 하늘을 나는데
문득 바라보니
내가 하늘을 나는 것이 아니라
종달새 떼 지어 날아와 그것들이 나를 싣고
푸르고 푸른 하늘 오르는
풍선이 되고 있음이었다

가을바람 소리 속에서

가을바람 소리 문득
머리칼 사이로 스며들어
속살 어루만지듯 이리저리
단풍 냄새 풍긴다
어디에서 와서 어디로 가는지 모를 일이지만
가을바람 남긴 단풍 냄새 그것이
그리움 되어 먼 하늘 홀로 바라보게 보챈다
하늘길 더욱 푸르고
그 길 높이 기러기 한 마리
나에겐 손짓조차 없지만
나도 두둥실 정처 없이 하늘길 날아
멀리 있는 누군가의 창가에
고요히 내려앉고 싶다
가을바람 소리 되어
살며시 창문을 두드리면
거기에 누군가 물젖은 눈빛으로
나 홀로 맞아줄 것 같기에

고뇌

이 세상 태어나
고뇌 없이 살 사람 얼마나 될까?
우리 사람 항상 제 갈 길
등불 켜 들고 가는 것 아니기에
갈대 흔드는 작은 바람소리에도
가슴 아플 수 있음이여!
아무리 슬프다 한들
스스로 한 송이 꽃이 되고자 하면
눈물조차 기쁨이고
사무친 오랜 한도
봄 나비처럼 온종일 나부끼며
푸른 허공 오를 것을!

강가의 작은 찻집

산책길 강가에
작은 찻집 하나 있다

커피 한 잔 2,000원
갈 적마다 한 번도
다른 손님 본 적 없지만
봄 여름 가을 겨울
항상 문이 열려 있다

작은 유리창 멀리
호수가 보이고
고양이 한 마리
저쪽 탁자 위에 앉아
울음소리로
손님을 맞는다

문득 앞에 놓이는
커피 한 잔

향기 참 고요하다

나도 말없이
창밖 멀리 반짝이는
호수 위 긴 물결 바라보며
홀로 찻잔을 든다

봄 감기

봄이 되었다고
겨울옷 벗어 던지고
아직 찬바람 오가는 들판
홀로 한참 헤매다 돌아오면
그날은 영락없이
감기에 걸리고 만다
기뻐 맞이하는 봄도
내 마음 몰라
홀로 저만치서 머뭇거리며
못 본 체하는 것이 서운하지만
그 봄 올 길 갈 길
때 따라 맞이하는 것이
한 생애 아직 서툴기 그지없다
그래도 봄은 언제나
기쁘다

낯선 세상에서의 외로움

살아갈수록 세상이 낯설어진다
초등학교 6학년 열두 살 시절
검은 화물차 흙 묻은 맨바닥에 앉아
수학여행 왔던 청량리역
이제 다시 오늘은
춘천행 ITX청춘열차를 타기 위해
시간 틈 홀로 커피점
아메리카노 한 잔을 주문한다
낯선 사람들 여기저기에서 낯선 대화를 나누고
문득 내가 외롭다
어린 시절 나의 옆 짝들 보이지 않고
그 드높던 푸른 하늘도
높은 천장에 가려 보이지 않는다
구름도 없고
문풍지 흔들던 바람 소리조차 들리지 않는다
나를 가두고 있는 이 세상 문득
홀로 외롭다

마주 보기

사람들 사는 것은 대화이다
사람들 사는 것은 마음이다
어느 봄날 꽃밭에 앉아
사람들 대화를 나누는 것은
꽃의 마음을 전하기 위함이다
비 오는 날 창가에 앉아
사람들 눈 마주 보는 것은
비의 마음을 전하기 위함이다
사람들 그렇게
꽃밭에 앉으면 꽃의 대화를 하고
비 내리면 비의 마음 전한다
그대여 오늘은 모든 것 다 잊고
꽃밭에 앉아 마주 보며
내리는 비
함께 철철 다 젖으면 어떠랴?

제 **4** 부

슬픈 그리움

기도

온 세상
모든 거짓 칼끝들
봄바람 속
연분홍 들꽃이 되었으면
좋겠다
홀로 휘파람 되어
허공을 나는
종달새가 되었으면
참 좋겠다

그리움

내가 사는 아파트 창밖은
소양강으로 이어지는 넓은 호수와
호숫가로 이어지는 긴 산책길과
멀리 대룡산 높은 능선까지 덮는 푸른 하늘로
언제나 하나이다
창문을 닫고 바라보면
아무 소리 들리지 않는
한 덩어리 고요이지만
강변 산책길 따라 거니는 사람들의
발걸음은 언제나 바쁘다
목적지를 향한 발걸음이지만 문득 나도
어디론가 가고 싶다
고요의 문을 열고
바람 소리와 물결 소리와 발자국 소리 함께
푸른 하늘 메아리를 만드는 그 길 위에서
나도 빠른 발걸음으로
누군가를 향해 걷고 싶다
저 멀리 나를 기다리는 그리운 사람 있는 듯

눈을 곧게 앞으로 뜨고 그를 향해
자꾸만 가고 싶다
그리하여 한 생애 나의 삶은 늘
멈출 줄 모르는 그리움의 발걸음이었다
그리운 사람 누구인지 모른 채

꿈

꿈은 어디에서 오는가?
잠들어 내가 나를 잊고 있을 때
내가 나를 버리고
하늘 넓은 길 홀로
기러기 되어 날아가는 것
그것이 정처 없어 문득
낯설고 외로운 시간들
아마도 내 영혼 밤이면 집을 나서
다시 돌아갈 본향 집 찾다가
그 길 잊어
홀로 덧없이 헤매는가 보다

슬픈 그리움

봄날 들판 작은 바람 소리
따듯한 손결처럼 내 가슴
흔들어 놓고 어디론가 멀리 사라진다
그 아득한 뒷모습 홀로 바라보노라니
문득 먼데 누군가 그리운 사람
갑자기 손짓하며 내게로
달려올 것 같다
아아 그는 누구인가?
봄 되면 언제나 기다려지는
바로 그 사람, 바로 그 목소리
바로 그 슬픈 그리움

백일몽

깜빡 졸고 있는 사이에
기차가 멈추어 섰다
어느새 올 길 다 왔다
기다리는 사람 없고
사람들 스치고 지나가는
낯선 옷자락 소리만
한낮에 어수선하다
어디로 갈지 몰라 한참
하늘 보노라니 뜬 구름
저도 저 갈 길 몰라
혼자 어리둥절하다
여기가 어디인가?
사람들 모두 낯설고
타향의 목소리 자꾸만
귓가를 스치고 간다
여기가 어디인가?
인생길 문득 슬프다
그리운 사람 그는

지금 어디에 있는가?
아무리 둘러보아도
세상이 모두 낯설다

평화

세상 사람들
분노의 파도 거칠다
원한 깊고 아픔도
화살 맞은 듯
쓰라릴 때 많다
갈 곳 몰라 헤매던 발길
돌부리 차며 분을 풀어도
독 묻은 화살 가슴에 박힌 듯
그것이 다시
오랜 분노가 된다
탓하지 마라
네가 탓하듯 또 세상 사람
너를 탓하느니
마음 안에 가진 화살
멀리 던져두고 사는 것
오직 그 길 위에
평화 있음이라

화살

세상이 참으로 어지럽다
어제까지만 해도 허공에 손을 흔들며
정의를 외치던 사람
오늘은 그가 목에 힘을 빼고
용서를 빈다
누군가 그를 향해 화살을 쏜다
그 사람 어느 날
손에 화살을 든 채
또 용서를 빈다
많은 사람 광장에 모여
그를 향해 주먹질 화살을 쏜다
화살들 하늘에 오르다 와르르
떼 지은 사람들 머리 위에
소나기처럼 쏟아진다
세상이
참으로 아수라장이다

한 생애 추억

나도 어느새
긴 세월을 살아왔다

영겁의 세월을 생각하면
티끌보다 짧은 시간이지만
사람이야 세상에 태어나
갈 길 가다가 그 길 다하면
어느 날 다시 흙으로 돌아가
고요 속에 묻히는 것

그리하여 잊을 것 다 잊고 말지만
왜 그런지 요즈음엔
한 생애 내 삶의 과거가
턱 밑에 다가와 엊그제처럼
밝고 투명하다

슬펐던 것 더 슬퍼지고 더욱이
부끄럽던 것들 더 부끄러워지니

문득 한 생애
다시 살면 좋겠다는
생각이 든다

참 철없는 공상이다

인생

돌아보니
인생은 텅 빈 허공이었다
날마다 가슴 속 출렁이는 무수한 바람들
머나먼 그리움의 물결들
그것들 어디에서 몰려와
어디로 가는지
긴 밤 홀로 외롭던 날들의 기억
그것이 한 생애 정녕
눈물 고이는 아픔이었지만
오늘 문득 그 아픔
따듯한 빗소리 되어
가슴 가득 넘칠 듯 반짝임을 본다
외롭지 않고 기쁜 날들
어디 있으랴
내 안에 숨어 나를 부르던
그리운 사람 그날 그 얼굴
나를 떠나 오랜 세월 흘렀지만
산 넘고 물 건너

다시 찾아와 손 흔드는 그 눈빛

돌아보니

인생은 충만한 그리움이다

나팔 소리처럼

우리 마을 군부대
아침마다 기상나팔 소리 울린다
그때 나도 눈 떠 창밖을 본다
거기에 뜬구름 한 무리
푸른 하늘 춤꾼이 되어
긴 치맛자락 봄바람처럼 나풀거린다
아직 덜 깬 눈 비비며
창문 열어 하늘 보면
문득 나도 뜬구름 되어 하늘을 날고 싶다
여기저기 날 부르는 소리 있어
한 세월 목각 인형처럼
뒤뚱거리며 그렇게 살아오다가
하늘 저쪽 뜬구름 한 무리
그것들이 나를 부르니
기상나팔 소리처럼 힘차게
오늘은 나도
푸른 하늘 지칠 줄 모르는
날개가 되고 싶다

여행길

아내는 여행을 좋아한다
멀수록 좋아하고 길수록 좋아한다
나는 여행을 별로 좋아하지 않는다
한 세상 여행인 것을
또 어디 여행길 떠나 길게 외로울 필요 있겠나?
아내는 낯선 세상 새로 보는 것이 좋다 하지만
창가에 앉아
앞 강물 홀로 흐르는 것을 보노라면
그 속에 천지가 다 있으니
또 무슨 다른 세상 그리워하랴
돌이켜 보면 내 온 곳 내가 모르니
내 갈 곳 내가 몰라
고요히 앉은 자리 정들어
떠날 때 오랜 그리움 거기에 남기는 것
이것이 내 여행길임을 알겠다

편지

편지 한 통이 왔다
누군가 주소도 없고 이름도 없다
아무 전달도 없다
다만 흰 종이 한 장 봉투 속 네모로 접혀
홀로 고독하다

연필을 들고 그 고독한
하얀 종이 위에
내가 답장을 쓴다

"아름답구나
너의 고독 문득
내 가슴 속 하얀 속살이 되어
백로처럼 홀로
하늘을 날게 하다니!
가진 것 모두 버리고
이처럼 텅 빈 추억의 외로운
고무풍선 하나

저 홀로 하늘 가득
넘실거리게 하다니!"

잘 가라, 나의 편지여
고독을 싣고 어디든 둥실둥실
네 그리운 이 찾아
멀리 가라

어머니

돌아가신 지 한동안
외로운 모습 말없이 꿈속에
나타나시더니
어느 날부터 그 모습
보이지 않으니 이제야
하늘나라 살 집 넉넉히
장만하신 모양이다
어머니,
이 세상 모든 것 다 잊으시고
그 세상 앞뜰 뒤뜰 가득
이 꽃 저 꽃 넘치게 심어
우리 세상에도 그 향기
아득히 보내 주소서

하나님의 슬픔

지금 세상 여기저기 돌아보면
사람들 하염없이 이곳저곳 싸움이고
덧없는 죽음이다
가끔 나도
50년 가까이 살아온 아내와
토닥토닥 말싸움을 벌인다
때로는 세상 사람들 흉을 보기도 한다
내 안에 무슨 티끌 있으랴
아주 맑고 깨끗한 하얀 모조지 위에
반듯이 누워있는 것처럼
기세등등하게 손짓 발짓으로
이 사람 저 사람
꾸짖고 탓한다
어느 날 어찌 된 일인지
문득 내가 슬프다
내 안에 내가 없고 세상에 탓만 있으니
하나님도 참 슬프시겠다

그 아름다운 사랑을 찾으라
― 2018 새해 아침에

세상이 어지럽기 그지없다
태초 하나님께서 인간을 지으심에
보기 좋아하셨던 그 추억은 사라지고
세상 사람들 오직 자기 욕망에 사로잡혀
한결같이 짐승처럼 아우성이다
그리하여 하나님 외로운 음성
날마다 멀리 세상을 울린다.

"네가 어디에 있느냐?"

아아 우리는 지금 어디에 있는가?
진실인가 거짓인가
희망인가 절망인가
아아 우리는 진정 무엇을 찾아
세상 길 하염없이 이토록
어지러이 방황하는가?

사람들이여 진리를 알라

하나님의 진실을 알라
2018 새해 새 아침
모두 돌이켜 너 자신을 알라
헛되고 헛된 욕망의 감옥을 벗어나
너의 자유를 너의 희망을 오직 확고히
하나님 안에서 다시 찾으라
진실로 진실로 히나님께서 주신
그 아름다운 사랑을 찾으라

너 자신을 알라 진리를 알라
— 세계 평화의 새로운 미래를 기원하며

인류는 하나다
인류는 짐승이 아니다
인류는 부모 형제들의 역사적 공동체다
사랑으로 맺고 포용으로 결속되어
결코 분리될 수 없는 다수이며 하나다
그래서 창조주 하나님은
네 이웃을 네 몸 같이 사랑하라고 말씀하셨다
둘이며 하나이고 하나이며 둘인 우리 인류의
이 아름다운 진실을
누가 파괴할 수 있는가
악마인가 아니면 폭군인가 아니면 폭력배인가
그리하여 당신은 누구인가
악마인가 아니면 폭군인가 아니면 폭력배인가
그리하여 당신은 마음 안에 진정
사랑을 품고 있는가 아니면 악을 품고 있는가?
그리하여 돌이켜 보라

"나는 누구인가?"

세계의 지도자들이여 세계의 무지한 폭력배들이여
한 생애 백 년도 안 되는 이 세상 나들이에서
헛되이 자기만을 위하여 오직 자기 나라만을 위하여
아아 그 허무한 권력을 위하여
무거워 지고 가지도 못할 과분한 물질을 위하여
폭력을 키우고 파괴를 획책하고 전쟁을 유발하는
악마의 화신들이어 잠시 숨을 멈추고
자신을 돌아보라 인류를 돌아보라
평화 공존의 축복이 무엇이며 사랑이 무엇이며
따뜻한 눈물의 힘이 무엇인지
생각해 보라
그리하여 마침내 우리 인류 모든 부모 형제들이
손에 손을 잡고 하나 되어
이 지구상의 한 생애 존귀한 삶을
아름다운 꿈으로 만드는 그 순간을 생각해 보라
누구나 왔다간 떠나야 하는 덧없는 세상길
오직 자기만을 위하여 자기 나라만을 위하여
오직 짐승처럼 홀로 아우성치다가 죽음에 이르는

허망한 인간들이여 덧없는 욕심의 지도자들이여
너 자신을 알라
참으로
진리를 알라
그리하여 자신에게 물어보라

"나는 지금 어디에 있는가?"

거짓인가, 진실인가
폭력인가, 평화인가

* 2017년 동북아 평화포럼 헌시

지혜
— 두 아들에게

사람들 모두
자기는 옳고 남은 틀렸다고 생각한다
내 마음에 들어앉은 나는
언제나 밖을 향해 눈을 뜨고 있다
그리하여 내가 남을 보듯
다른 사람도 나를 본다
내 안의 내가 나를 못 보고
저 만치 남만을 보니 세상은 모두
내가 아니고 남이다
그리하여 더불어 마음 줄 사람이 없다
외롭다
그러나 남도 외롭다
어찌할 것인가?
그리하여 먼저 자신을 보라
나만을 위해서가 아니라
남에게 줄 하얀 꽃 한 송이 진정
가슴에 있는지 돌이켜 보라

| 시인의 에스프리 |

나의 시 쓰기

박 민 수

나의 시, 나의 배반

박 민 수

중학교 2학년 시절이었다.

옆 짝이 숙제로 낸 〈아침〉이라는 시가 국어 선생으로부터 "아주 잘 쓴 시"라는 칭찬을 받는 것이 너무 부러워 "나도 시를 잘 쓰는 사람이 되고 싶다."는 생각을 갖게 되었다.

세월은 흘렀고 정작 시를 잘 쓰던 그 친구는 시와 거리가 먼 삶을 살아왔지만 나는 시인이 되었고, 시로 박사도 되었으며, 교수도 되었다. 그리하여 한 생애 나의 삶은 오직 시와 함께 비롯되는 것이었고, 오직 시로 귀결되는 것이었다.

그동안 제법 많은 시를 썼고, 시집도 많이 출간하였다. 이 모든 과정 속에 나의 욕심이 있었다. 이 욕심은 아주 단순한 것이었다. 시 쓰기를 멈추지 않고 시 속에 파묻혀 살며 그 시 쓰는 자체를 기쁘게 즐거워하는 것이었다. 속된 말로 남에겐 칭찬을 받는 것도, 또는 돈도 명예도 별 관심이 없는 것이었다.

이런 면에서 나의 시 쓰기는 오직 '나 자신만을 위한' 욕구 충족의 대상일 뿐이었다. 그리고 시집을 내는 것은 바로 이러한 내 삶의 역사적 궤적을 스스로 정리하는 것일 뿐이었다. 이런 면에서 나의 시 쓰기는 계속 공적 행위가 아니라 사적 행위에 머무는 것이었다.

내 시 쓰기의 이러한 한계는 결국 내 시를 내가 평가하고 판단하면서 오직 그 시가 나에게 얼마나 진실한가, 나에게 얼마나 의미 있는가, 나에게 진정 기쁨을 주는 것인가라는 물음으로 귀결되는 것이었다. 이러한 시 쓰기는 실제로 독자들을 배반하는 것이다. 시인의 시 쓰기는 결국 독자들에게 기쁨을 전하기 위한 것임에도, 이 목적을 부정하는 꼴이 된 것이다. 그러나 나는 이 길을 선택하였다.

그리하여 오늘도 나는 이 시집을 오직 나 자신을 위해 허공에 던진다. 세상 허공 속에 내 시집을 던져 놓고 내가 다시 그 시를 객체로 맞이하며 외로운 독자가 되기 위해서이다. 그런데 특히 이 디지털 시대에서의 이러한 내 시 쓰기의 의미는 이미 낯선 것이 아니다. 많은 시인이 시로써 자기 존재성을 드러내고

자 하지만, 디지털 시대에서의 시 쓰기는 어둔 밤 홀로 허공에 풍선을 띄우는 것과 같은 것으로 전락되었기 때문이다. 디지털 시대의 독자들은 시의 그 긴장된 의미작용 속에 머물 틈새를 갖고 있지 않은 것이다.

이런 면에서 시는 이제 너무 고루한 신세타령의 독백에 지나지 않는다. 이러한 현상은 특히 우리나라의 20세기 후반부터 비롯된 디지털 환경 속에서 아주 극명하게 나타난 현상이다. 디지털 시대의 우리 뇌는 기계적이어서 깊이 생각하는 것을 거부하기 때문이다. 그러나 시는 끊임없이 낯선 의미의 사고와 판단을 낯선 언어로 계속 세상에 전해주고자 한다. 이렇게 시는 언제나 시대적 배반의 요인이 될 성향을 지니고 있는 이단적 존재의 하나이다.

그럼에도 불구하고 이러한 시 쓰기의 성향이 곧 시가 우리 세상에서 소멸되는 요인이 되는 것은 결코 아니다. 특히 우리나라 대한민국에서 끊임없이 많은 시인이 탄생 되어 여러 실험적 작업 활동을 하는 현상들이 이것을 잘 증명하는 것이다.

이런 면에서 시란 아주 특별한 마법의 흡인력을 가진 정신적 자기 억압 해소의 한 도구라고도 할 수 있다. 우리 인간은 자기 독백을 통해 끊임없이 자기 안에 쌓인 현실적 생명의 쓰레기들을 해체시키고자 하는 본성적 잠재력을 갖고 있는 것이다. 그래서 아리스토텔레스는 그의 〈시학〉에서 특히 시적 구성을 가진 비극의 역할을 규정하며 '카타르시스' 즉 '마음의 정화' 라는 견해를 제시한 바 있다.

내가 1960년대 말로부터 시작하여 50년이 다 되어가는 지금까지 한 시도 시와 떨어져 산 일이 없는 것도 시의 이러한 속성을 증명하는 일이 될 것이다. 내 한 생애는 거부할 수도 없고 인내할 수도 없는 온갖 정신적 억압의 굴레 속에서 추구되는 것이었다. 이러한 나에게 시는 언제나 고요한 시간에 홀로 그 내면의 쓰라림을 해소하는 허공 속의 독백이었다.

얼마 전에 출간한 〈잠자리를 타고〉라는 시집은 특히 이러한 나의 독백으로 넘치는 것이었다. 객관성보다 나의 주관성 속에서 오직 나의 카타르시스 목적을 위해 내뱉는 허공 속의 메아리였던 것이다.

그리하여 나는, 시로써 박사가 되기도 하고 교수도 된 사람이지만, 아직도 "시란 무엇인가?"라는 물음 앞에서 명확한 객관적 답변을 만들어 내는데 주저하고 있다. 나의 시가 오직 나의 주관적 공간 속에서 오직 나를 위한 메아리고 떠돌고 있기 때문이다. 이런 면에서 한 가지 분명하게 말할 수 있는 사실은 시가 아주 특별한 생명 유혹의 매력을 갖고 있다는 것이다.

지위도 아니고 명예도 아닌 시, 더욱이 밥도 아니고 돈도 아닌, 또는 시인이라는 이름으로 존경을 받는 것도 아닌 그 허상이 바로 인간으로서의 우리 생명 속에 남다른 역동성을 심어주는 마법의 힘을 발휘하고 있는 것이다. 그래서 많은 시인은 가난을 무릅쓰고 여기에 매달려 기뻐하며 깊은 몽상 속의 삶을 살아가기도 한다.

　내가 지금 또 한 권의 시집을 내며 진정 '말이 되는 말'을 하고 있는지 모를 일이지만, 한 생애 시인으로 살아온 솔직한 고백의 하나가 이것이다. 그리하여 나는 시 쓰기를 스스로 오직 '나 자신만을 위한' 이기주의적 행위로 결단하고 있다. 그리고 이 책을 내는 것은 독자들을 위한 것이 아니라, 내 생명의 역동성을 위한 이기주의적 행위의 하나라고 고백한다.

　그러나 다행히 이 시집을 읽고 조금이나마 공감하여 그 생명의 역동성에 자극을 받는 이가 있다고 하면 진실로 고마운 은혜로 감사의 마음을 전한다. 이 거친 세상 속에서 함께 할 누군가를 만나는 것은 너무나 기쁜 일이기 때문이다. 그리하여 진정 우리 시가 이러한 기쁨의 도구가 되었으면 좋겠다. 나의 시도 그 중의 하나가 되었으면 참 좋겠다. 비록 나 자신만을 위하여 대상 없이 허공에 던지는 것이지만, 그래도 그것이 조금이나마 세상에 의미 있는 역할을 할 수 있다면 당연히 좋은 일이 아닐 수 없는 것이다.

　잘 가라, 나의 시여, 외로운 세상 허공 속으로.

시와소금 시인선 79

사람의 추억

ⓒ박민수, 2018. printed in Seoul, Korea

1판 1쇄 발행 2018년 8월 20일
지은이 박민수
펴낸이 임세한
책임편집 박해림
디자인 유재미 정지은

펴낸곳 시와소금
출판등록 2014년 1월 28일 제424호
발행처 강원 춘천시 충혼길20번길 4, 1층 (우-24436)
편집실 서울시 중구 퇴계로50길 43-7 (우-04618)
팩스겸용 (033)251-1195 / 휴대폰 010-5211-1195
이메일 sisogum@hanmail.net
ISBN 979-11-86550-73-1 03810

값 10,000원

* 이 책의 내용의 전부 또는 일부를 재사용하려면 반드시 저작권자와
  시와소금 양측의 동의를 받아야 합니다.
* 지은이와의 협의로 인지는 생략합니다.
* 잘못된 책은 교환해 드립니다.
* 이 책의 국립중앙도서관 출판도서목록(CIP)은 서지정보유통지원시스템
  홈페이지(http://seoji.nl.go.kr)와 국가자료공동목록시스템
  (http://www.nl.go.kr/kolisnet)에서 이용하실 수 있습니다.
  (CIP제어번호 : CIP2018022764)

강원문화재단
Gangwon Art & Culture Foundation
• 이 시집은 2018년 강원도 강원문화재단 후원금으로 발간하였습니다.